If Only I Were...

Si Sólo Pudiera Ser...

By Carl Sommer
Illustrated by Kennon James

Advance PUBLISHING, INC. • HOUSTON

A Division of Sommer Learning Group

Permissions
Advance Publishing, Inc.
6950 Fulton St.
Houston, TX 77022

www.advancepublishing.com

First Edition
Printed in Malaysia

Library of Congress Cataloging-in-Publication Data

Sommer, Carl, 1930-
  [If only I were-- Spanish & English]
  If only I were-- = Si sólo pudiera ser-- / by Carl Sommer ; illustrated by Kennon James. -- 1st ed.
        p. cm. -- (Another Sommer-time story)
  Summary: As she tries being one creature after another, from a cat to an elephant trainer, Missy the mouse discovers that everyone has problems and that she can find happiness as herself.
  ISBN-13: 978-1-57537-154-2 (library binding : alk. paper)
  ISBN-10: 1-57537-154-5 (library binding : alk. paper)
  [1. Mice--Fiction. 2. Animals--Fiction. 3. Self-acceptance--Fiction. 4. Spanish language materials--Bilingual.] I. James, Kennon, ill. II. Title. III. Title: Si sólo pudiera ser--.

PZ73.S655146 2009
[E]--dc22
                                                                        2008002380

If Only I Were…

Si Sólo Pudiera Ser…

Once there was a mouse—a wee little mouse—named Missy. She had lots of fun, but the wee little mouse had a very BIG problem.

Había una vez una ratoncita—muy pequeñita—que se llamaba Missy.

Lo pasaba muy bien, pero la ratoncita tenía un GRAN problema.

Food was not the problem. Missy lived with her papa and mama in the zoo-keeper's house—next to the kitchen.
Missy always had something good to eat.

El problema no era la comida. Missy vivía con su papá y su mamá en la casa del guardián del zoológico—cerca de la cocina; siempre tenía algo bueno para comer.

A place to sleep was not the problem.
Missy had a soft little bed in a cozy little room.
At night Papa and Mama would tuck her in and read her a story.

El problema no era un lugar para dormir.
Missy tenía una blanda camita, en un cálido cuartito.
Por la noche, Mamá y Papá la arropaban y le leían un cuento.

Friends were not the problem.
Around the zoo there were lots of friends... like lions and tigers and monkeys and bears.

Los amigos no eran el problema.
Por todo el zoológico tenía montones de amigos... leones y tigres y monos y osos.

When the visitors went home, the animals had the whole park to themselves. That is when Missy played with her best friends, Itty and Bitty.

Una vez que los visitantes volvían a sus casas, el parque quedaba todo para los animales. Era entonces cuando Missy jugaba con sus mejores amigas, Itty y Bitty.

9

Missy could have been the happiest mouse in the world...if it had not been for her one BIG problem: Missy did not like being a mouse.

"I'm tired of being so little!" she groaned. "Besides, my ears are too big, and my tail is too skinny!"

Missy dreamed of being like Horace the cat.

Missy podría haber sido la ratoncita más feliz del mundo...si no hubiera sido por su GRAN problema: a Missy no le gustaba ser ratón.

"¡Estoy cansada de ser tan pequeñita!", se lamentaba. "Y encima, tengo las orejas muy grandes, ¡y una cola tan delgadita!"

Missy soñaba ser como el gato Horacio.

Horace also lived in the zoo-keeper's house. To wee little Missy, big Horace seemed like a giant—especially when he chased her.

Missy did not like being chased. "If only I were a big cat," she would say, "I wouldn't have any problems. Then I'd be happy, just like Horace."

Horacio también vivía en la casa del guardián del zoológico. A la diminuta Missy, el gran Horacio le parecía un gigante—en especial cuando la perseguía.

A Missy no le gustaba que la persiguieran. "Si fuera una gran gata", se decía, "no tendría ningún problema. Entonces sería feliz, igual que Horacio".

Papa and Mama told Missy, "Everyone has problems—even big cats."

But Missy did not think so.

"What problems could Horace have?" she wondered. "He's not little...and he's not ugly. He's big...and strong...and beautiful!"

Papá y Mamá le decían a Missy, "Todo el mundo tiene problemas—incluso los grandes gatos".

Sin embargo, Missy no estaba de acuerdo.

"¿Qué problema puede tener Horacio?", se preguntaba. "No es pequeño...ni tampoco feo. Es grande...y fuerte...¡y hermoso!"

One night Missy was so sad that she went straight to bed without eating supper.

"It's just not fair!" she cried. "Why do I have to be so little? And why must I have such a skinny tail and big ugly ears?"

Missy finally drifted off to sleep, moaning and groaning, "If only I were like Horace!"

Una noche, Missy estaba tan triste que se fue directo a la cama sin cenar.

"¡No es justo!", lloraba. "¿Por qué tengo que ser tan pequeña? ¿Y por qué tengo que tener una cola tan delgadita, y estas orejotas horribles?"

Finalmente, entre lamentos y protestas, Missy se durmió, "¡Si sólo pudiera ser como Horacio!"

"Here we go again!" huffed Missy. Horace was chasing her. Today was starting out just like every other day. Poor Missy was so tired of being a tiny little mouse.

"¡Otra vez!", resopló Missy. Horacio la estaba persiguiendo. El día estaba empezando como cualquier otro; la pobre Missy estaba tan cansada de ser una ratoncita.

While running away, Missy wished out loud, "If only I were...a great, big cat!"

Suddenly, to her surprise, her wish came true! Missy turned into a big cat! Horace put out his feet and came to a sudden stop. "Wh—wh—what happened to Missy? Wh—wh—where did this big cat come from?"

Mientras se escapaba corriendo, Missy deseó en voz alta, "¡Si sólo pudiera ser...una gata grande, enorme!"

De repente, para su gran sorpresa, ¡su deseo se hizo realidad! ¡Missy se había convertido en una inmensa gata! Horacio estiró sus patas y se detuvo de golpe; "¿Q—q—qué pasó con Missy? ¿D—d—de dónde salió semejante gata?"

Missy arched her back and gave a loud, "Hisssss...!"

Horace ran away as fast as he could. Missy licked her paw and swished her new fluffy tail. "It happened! It really happened!"

She smiled and purred, "I'm the biggest and most beautiful cat in the whole world!"

Missy arqueó el lomo y soltó un fuerte "¡Hissssss...!"

Horacio escapó a toda velocidad. Missy se lamió la pata y movió su nueva cola esponjosa. "¡Ocurrió! ¡Ocurrió de verdad!"

Sonrió y ronroneó, "¡Soy la gata más grande y más hermosa del mundo!"

Missy knew just what to do. Like all the other cats, she began chasing Itty and Bitty.

"This is fun!" she laughed while running after her friends.

Missy felt like a giant.

Missy sabía exactamente qué hacer; como todos los demás gatos, empezó a perseguir a Itty y a Bitty.

"¡Qué divertido!", se reía, mientras corría tras de sus amigas.

Se sentía un gigante.

Missy raised her beautiful tail and strutted through the park. "No more problems for me!" she thought.

But as she rounded the zoo-keeper's house, there in the shade sat a great big dog. "Ruff! Ruff!" barked the dog. Missy got so scared, she jumped into the air.

Missy levantó su hermosa cola y salió pavoneándose por el parque. "¡Se me acabaron los problemas!", pensó.

No obstante, al dar la vuelta a la casa del guardián del zoológico, sentado a la sombra, encontró a un enorme perro. "¡Guau! ¡Guau!", ladró el perro. Missy se asustó tanto que pegó un salto en el aire.

Then the big barking dog began chasing her. Missy ran as fast as she could, darting here and there. "Being a cat isn't much fun!" she thought.

Suddenly, she got an idea. "I'll try another wish. If only I were... a tiger!"

Entonces el enorme perro empezó a perseguirla. Missy corría a toda velocidad, disparada de un lado al otro. "¡Ser gato no es tan divertido!", pensó.

De repente, se le ocurrió una idea. "Voy a intentar con otro deseo. Si sólo pudiera ser...¡una tigresa!"

Suddenly, Missy became a tiger.

Y Missy se convirtió en tigresa.

When the dog saw he was chasing a tiger, he stopped in his tracks. Missy knew just what to do. She turned around and began chasing the not-so-big dog. "This is fun!" she roared.

Cuando el perro advirtió que perseguía a una tigresa, se detuvo en seco. Missy supo exactamente qué hacer; dio media vuelta y comenzó a perseguir al perro, que ahora no lucía tan grande. "¡Qué divertido!", rugía.

Missy pranced around holding her head high. "Now my problems are gone for sure! I don't have to be afraid of anything!"

As she roamed through the park, she made friends with some tigers. "I have an idea," Missy told her new friends. "Let's

Missy se pavoneaba con la cabeza en alto. "¡Ahora sí se acabaron mis problemas! ¡Ya no tengo que temerle a nada!"

Mientras recorría el parque, se iba haciendo amiga de otros tigres. "Tengo una idea", les dijo Missy a sus nuevos amigos. "Vamos a

have some fun and tease the elephants."

"That's a great idea!" said the tigers. Silently they crept near the herd—then one of the elephants spotted them.

divertirnos un poco, y a burlarnos de los elefantes".

"¡Eso está genial!", dijeron los tigres. Silenciosamente se fueron arrastrando hasta la manada—hasta que de pronto, uno de los elefantes los descubrió.

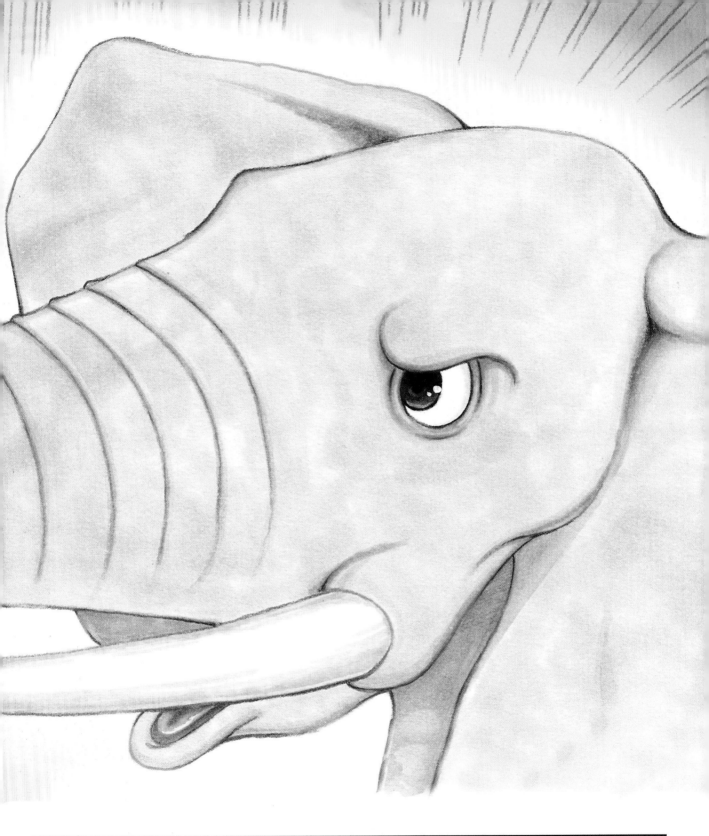

Quickly, the elephant spun around and grabbed Missy.
"Please!" begged Missy, "Please! Put me down!"
The elephant ignored Missy's cry and lifted her high in the air.

Velozmente, el elefante giró sobre sí y agarró a Missy.
"¡Por favor!", le rogó Missy, "¡Por favor! ¡Bájame!"
El elefante ignoró los llantos de Missy y la levantó por el aire.

Then all of a sudden he tossed Missy into a nearby pond. Missy raised her head and shook the water from her ears.

Y de pronto, la arrojó a una laguna cercana. Missy levantó la cabeza y se sacudió el agua de las orejas.

Missy was scared. She jumped out of the water and ran away. "Being a tiger isn't much fun!" she thought. "If only I were... a giant elephant!"

Estaba asustada; saltó fuera del agua y se escapó corriendo. "¡Ser tigre no es tan divertido!", pensó. "Si sólo pudiera ser... ¡una elefanta gigantesca!"

All at once Missy became a giant elephant. Now she felt like the biggest creature in the whole world. "No more problems for me!" she thought. "Surely, no one can bother me now!"

Y en un instante Missy se convirtió en una enorme elefanta. Ahora se sentía la criatura más grande del mundo. "¡Se me acabaron los problemas!", pensó. "¡Ahora sí que nadie me podrá molestar!"

Missy the elephant was so big the ground shook as she walked. "I'm the biggest and most powerful creature in the whole world!" she bellowed. "This is fun! Now I can go anywhere and no one can stop me!"

La elefanta Missy era tan inmensa que la tierra temblaba con sus pasos. "¡Soy la criatura más grande y poderosa del mundo!", bramaba. "¡Qué divertido! ¡Ahora sí puedo ir a cualquier parte, y nadie podrá detenerme!"

Missy did not know it, but some men had come to the zoo to buy an elephant. They needed a big elephant to train for the circus.

Missy no lo sabía, pero unos hombres habían venido al zoológico a comprar un elefante. Necesitaban uno grande para entrenarlo para el circo.

The men looked at all the elephants. Then one of them pointed at the biggest and said, "She'd sure make a fine circus elephant."
"But how can we get her?" asked another.
The zoo-keeper thought for a moment, then he said, "I know how."

Los hombres observaron a todos los elefantes. Luego, uno de ellos apuntó a la más grande y dijo, "Esa será una excelente elefanta para el circo".
"¿Pero cómo la atrapamos?", preguntó otro.
El guardián pensó un instante, y luego dijo, "Ya sé cómo hacerlo".

The zoo-keeper got a bucket full of peanuts and walked over to Missy. Peanuts were Missy's favorite food. When Missy saw the peanuts, she hurried after the zoo-keeper...right into the back of a big truck.

El guardián buscó un balde lleno de maníes y se acercó a Missy. Missy adoraba los maníes; en cuanto los vio, se apresuró a seguir al guardián del zoológico...hasta meterse en la caja de un gran camión.

"Mmmmm! Mmmmm!" mumbled Missy as she began munching on the peanuts. "Am I ever lucky. Now I can eat as many as I want!"

All at once there was a loud noise. Missy looked up just in time to see the door being slammed shut!

Missy was trapped...and alone...and scared.

"Where are they taking me?" she cried as the truck sped away.

"¡Mmmmm! ¡Mmmmm!" murmuró Missy, al empezar a comer los maníes. "Mira que suerte tengo. ¡Ahora puedo comerme todos los que quiera!"

Y de pronto se oyó un fuerte ruido. Missy levantó la vista, ¡sólo para ver cómo se cerraba la puerta!

Missy estaba atrapada...sola...y muy asustada.

"¿Adónde me llevan?", lloró, mientras el camión se alejaba a toda velocidad.

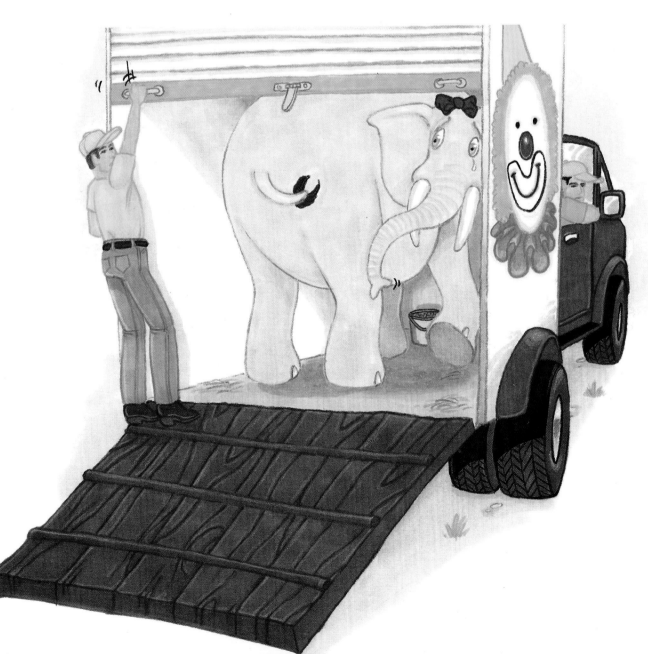

Finally the bouncing truck stopped. The men led Missy out and chained her to a pole.

Before Missy knew it, in came an elephant trainer cracking her whip. "Come on!" shouted the woman. "You're going to learn to do tricks!"

But Missy did not like doing tricks.

Al fin el camión detuvo sus saltos. Los hombres hicieron salir a Missy y la encadenaron a un poste.

Antes de que se diera cuenta, llegó una domadora de elefantes, chasqueando su látigo. "¡Vamos ya!", gritó la mujer. "¡Vas a aprender a hacer trucos!"

Sin embargo, a Missy no le gustaban los trucos.

"Being a strong elephant isn't much fun at all!" cried Missy. When the woman left, Missy wished real hard, "If only I were...an elephant trainer!"

"¡Ser un elefante fuerte no es para nada divertido!", lloró Missy. Cuando la mujer se alejó, Missy deseó con todas sus fuerzas, "Si sólo pudiera ser...¡domadora de elefantes!"

Suddenly, Missy became an elephant trainer!

She knew just what to do. She went into the circus tent and made the elephants do all sorts of things. They had to stand on their back legs, stand on top of a ladder, hold a ball, and do many other hard tricks.

Y de repente, Missy se convirtió en ¡domadora de elefantes!

Sabía muy bien qué hacer. Entró a la tienda del circo e hizo que los elefantes hicieran toda clase de trucos: erguirse sobre las patas traseras, pararse arriba de una escalera, sostener una pelota y muchos otros trucos difíciles.

"This is fun," thought Missy. "Surely now all my problems are gone! I can make the biggest animals obey me!"
Missy felt very, very powerful.

"Esto es divertido", pensó Missy. "¡Seguro que ahora mis problemas han desaparecido! ¡Me obedecen los animales más grandes!"
Missy se sentía muy, muy poderosa.

Just then the ring master came in. "These elephants can do much better tricks than that!" he yelled. "Either you teach them some new tricks, or you're fired!"
Missy did not like being yelled at.

En ese instante entró el dueño del circo. "¡Estos elefantes pueden hacer trucos mucho mejores que esos!", le gritó. "¡O les enseñas otros nuevos, o estás despedida!"
A Missy no le gustaba que le gritaran.

Sadly, Missy headed for the trainer's tent to eat supper. "Being an elephant trainer isn't much fun at all!" thought Missy.

Just as she was about to set her food down, a wee little mouse ran across the floor—right between her feet!

"E-e-e-e-k!" shouted Missy as she dropped her food. "If only I were…a mouse!"

Con tristeza, Missy fue hasta la tienda de la domadora a comer su cena. "Ser domadora de elefantes no es para nada divertido", pensó Missy.

Justo cuando colocaba su comida en la mesa, un ratoncito minúsculo atravesó el piso—¡justo entre sus pies!

"¡Aaaayyyyy!", gritó Missy, dejando caer su plato. "Si sólo pudiera ser…¡un ratón!"

Suddenly, Missy became a mouse.
And just as she saw herself change into a mouse, Missy woke up.

Y de pronto, Missy se convirtió en ratón.
Y en el instante en que se transformaba en ratoncita, Missy se despertó.

"I've been dreaming!" she yelled as she clapped her hands.
Missy jumped out of bed and ran to take a peek at Horace.
"Yippee!" she shouted. "I am a mouse!"

"¡Estaba soñando!", gritó, mientras aplaudía.
Missy saltó de la cama y corrió a espiar a Horacio. "¡Estupendo!",
gritó, "¡soy una ratoncita!"

Missy was so happy! She discovered that EVERYONE has problems. Mice have problems with cats, cats have problems with dogs, dogs have problems with tigers, tigers have problems with elephants, elephants have problems with people, and people have problems with mice.

¡Missy estaba tan feliz! Había descubierto que TODOS tienen problemas. Los ratones tienen problemas con los gatos, los gatos con los perros, los perros con los tigres, los tigres con los elefantes, los elefantes con la gente, y la gente con los ratones.

Missy decided not to be sad anymore about being so little. And she did not even mind looking like a mouse—big ears, skinny tail, and all.

Missy decidió que nunca más se apenaría por ser tan pequeña. Y ni siquiera le importó lucir como ratón—con todo y orejas grandes y cola delgadita.

Missy became a very happy mouse. She still had to be careful. But now, whenever she saw Horace, she just stayed home.

Missy se convirtió en una ratoncita muy feliz. Todavía debía tener cuidado, pero ahora, cada vez que veía a Horacio, simplemente se quedaba en casa.

When Horace left, then she would go out to play.

Best of all, never again was she sad about the way she looked, or about being...a wee little mouse.

Y cuando Horacio se alejaba, salía afuera a jugar.

Y lo mejor de todo es que nunca más se apenó por su aspecto, ni por ser...una ratoncita diminuta.

Read Exciting Character-Building Adventures
★★★ Bilingual Another Sommer-Time Stories ★★★

For More Information Visit www.AdvancePublishing.com/bilingual